O diroedd gwyrdd Cymru
Mae chwedlau'n byrlymu
Am ffrindiau o'r cymoedd a'r bryniau...

From a green land called Wales,
Come lots of tall tales
About friends in valleys and hills...

Dôi Freya'r cadno o'i ffau
Mewn sanau wedi eu gwau
Pan oedd y gaeaf ar fin troi'n oer.

Freya the fox
Liked wearing bright socks
Whenever the winters turned cold.

Pan oedd hi'n oeri,
Doedd dim yn ei phoeni
Mewn sanau lliwgar a sionc.

No matter the weather,
Things were always much better
In socks that were brilliant and bold.

Wrth i'r rhew gydio,
Roedd hi wrthi yn prancio
Drwy'r wlad yn ei sanau hoff.

When the frost started nipping,
She was always seen skipping
Around in her favourite wears.

Ac ar noson oer
O dan y lloer,
Fe sychai y sanau bob yn ddwy.

And each cold night,
By the warm firelight,
She would dry off her socks in pairs.

Nid cadno hunanol,
Ond ffrind ystyriol
Oedd eisiau helpu pawb unig oedd hi.

Whilst some foxes are sly,
Freya never passed by
If she saw someone cold or alone.

Wrth i'r eira syrthio,
A'r storm chwyrlio,
"Dewch mewn i fy ngwâl," meddai hi.

When the snow started falling,
And the storms started roaring,
She'd invite them into her home.

Er siom i Freya,
Dianc wnâi'r rhan fwya,
Neu wrthod y gwahoddiad caredig.

To Freya's dismay,
Most would all run away,
Or decline her kindly invite.

"Dim diolch," atebent,
Oherwydd fe wyddent
Fod cadnoid yn dueddol o gnoi.

"No thank you," they'd quiver,
"It's most kind," they'd shiver,
"But foxes are known to bite!"

Yn ei gwâl fe swatiodd,
Ac yna meddyliodd,
A thynnu ei sanau amdani yn dynn.

One night in her den,
As the snow fell again,
Freya pulled up her socks to her knees.

"Er bod rhai yn fy ofni,
Dwi ddim am iddynt rewi!
Nid cadno cas, creulon wyf i."

"Though some may be wary,
I'm really not scary!
I can't leave them all to freeze."

Mewn storm oedd yn chwythu,
Aeth allan i helpu,
A'i bodiau yn gynnes fel tost.

With her toes nice and warm,
She went out in the storm,
To carry out her kind-hearted deed.

Ac yna fe glywodd
Sŵn crio, meddyliodd,
A gwelodd ddraenogod truenus.

And very close by,
She heard a soft cry,
And spotted some hedgehogs in need.

Yng nghysgod y goeden
Roedd Mam, Dad a'u croten
Yn cwtsio rhag yr eira a'r cenllysg.

In the roots of a tree,
She found a family of three,
Cwtching in the snow and the hail.

Wrth i Freya drio'u helpu,
Fe droesant yn beli.
"Paid â'n bwyta," ymbiliodd y tri.

But when Freya came near,
They screamed out in fear,
"Don't eat us," they began to wail.

"Mae'n iawn," meddai Freya,
"Cewch gysgu yma
Yn fy sanau trwchus a thwym."

"It's okay," Freya said,
"I can make you a bed,
With my socks that are thick and warm."

I mewn â'r draenogod,
Gan ddiolch am gysgod,
"Byddwn yma yn glyd rhag y storm!"

And as the hedgehogs climbed in,
They all said with a grin,
"These will keep us snug in the storm!"

Nawr gŵyr pawb yn y byd,
Ei led a'i hyd,
Mai cadno caredig yw Freya.

Now all around,
It is widely renowned
That Freya's a lovely kind fox.

Mae'r anifeiliaid yn dathlu
Pan ddaw Freya i rannu
Ei sanau lliwgar a sionc.

The animals all cheer
When Freya comes near
And shares out her bright coloured socks.

This second edition published 2018

ISBN: 978-0-9957361-2-2

Printed and bound by www.theedgesystems.co.uk

More titles from Clumsy Rabbit Books!
Teitlau eraill gan Clumsy Rabbit!

Ffrindiau yng Nghymru
Friends in Wales
Rhodri Rabbit / Rhodri'r Gwningen
Dilys Duck / Dilys yr Hwyaden

E-mail / E-bost:
clumsyrabbitbooks@hotmail.com

PILLGWENLLY

Freya Fox
Freya'r Cadno

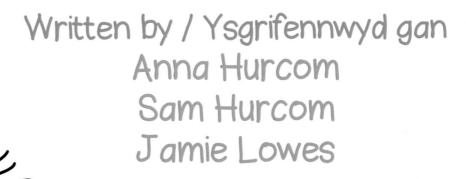

Written by / Ysgrifennwyd gan
Anna Hurcom
Sam Hurcom
Jamie Lowes

Translated by / Cyfieithwyd gan
Sioned Dafydd

Illustrated by / Darluniau gan Sam
Hurcom